Obsesionado con ella

Finalmente tengo la oportunidad de hacerla mía

Ashley Colem

OBSESIONADO CON ELLA: FINALMENTE TENGO LA OPORTUNIDAD DE HACERLA MÍA

First edition. January 14, 2024.

Copyright © 2024 Ashley Colem.

ISBN: 979-8224161881

Written by Ashley Colem.

Also by Ashley Colem

Bien Trop Brutal

Obsede Par Elle

Limite dépassée

Amour Improbable

Kataliya, la Parfaite Élue

Le Choix Ultime d'un Seul Amour

Réveille-toi, Barbara

Sexe à Répétition

Taïna est en feu

Captive d'une Nuit Enneigée: Jusqu'à ce qu'elle apparaisse et que son âme se sente captivée

Ces Attouchements Tabous: Cette nuit-là, il a changé ma vie pour toujours

Épuisement: Sienna est peut-être jeune, mais son corps sait ce dont il a besoin

Il va l'avoir: William veut Jesse plus que tout au monde

La Femme de ses Rêves: Il est obsédé par la jeune beauté qui lui a volé son cœur

Le No 1 des Connards: Il ne cherche pas d'excuses pour ce qu'il est ou ce qu'il fait

L'étrange Mariage du Milliardaire

Maintenant... Elle est à moi pour Toujours: Je mets un bébé dans son ventre et une bague en diamant à son doigt

Piégé par elle

Tenir si Fort: Il ne savait pas qu'une obsession pouvait s'emparer de lui aussi fort

Un Alpha de Mauvais Caractère: Aucune femme n'a jamais été capable de le gérer

Un Échange Très Étrange: Le destin de Cian et de Serenity, croisés dans un lycée américain

Limite Superato

Amore Improbabile

Kataliya, la Perfetta

La Scelta Definitiva di un Singolo Amore

Sesso ripetuto

Taina è in Fiamme

Esaurimento

Intrappolato da lei

La Donna dei Suoi Sogni

Lo Stronzo #1

Ora è mia... per sempre

Prigioniero in una Notte di Neve

Sta per Averla

Stringere Così Forte

Obsession: Tout a changé la première fois que Jackson a vu Dina

Svegliati, Barbara: Stare con Clark diventa un grosso problema

Agarra tan Fuerte

Atrapado por ella: La persona a la que quería hacer daño resultó ser la única que le había llegado al corazón

El Éxtasis de lo Prohibido: Después de que Nadia descubre que Bady la engaña

El gilipollas nº 1: No pone excusas por lo que es o por lo que hace

L'estasi del Proibito: Dopo che Nadia scopre che Bady la tradisce

L'extase de l'interdit: Après que Nadia découvre que Bady la trompe

Obsesionado con ella: Finalmente tengo la oportunidad de hacerla mía

La he estado observando durante años.

Ella es mi obsesión.

Y cuando su auto se descompone al costado de la carretera y puedo conseguirla en mi tienda, finalmente tengo la oportunidad de hacerla mía.

Tengo justo la herramienta que necesita.

CAPÍTULO 1

Elegante

"¡Maldita sea! ", exclamó antes de mirar a la pequeña niña de Whitney y Jon y disculparme.

"Lo siento, Maggie. No escuches a la tía Posh".

"¡Maldita sea!" los loros de niña. Me estremezco.

Jon y Whitney no estarán contentos de que le enseñe a su hija a maldecir, pero ¿qué se supone que debe hacer una niña cuando se queda varada cuidando a la hija de cinco años de su mejor amiga?

En realidad no soy la tía de Maggie, pero dado que Whitney y yo no tenemos hermanas de sangre y ella y yo prácticamente crecimos juntas, con nuestros padres imbéciles, ricos como el pecado, corriendo en el mismo círculo, nosotras. Sois lo más cercanas a hermanas que dos chicas pueden llegar a ser.

Por lo tanto, tengo deberes de tía.

Y los amo. Sí. Sólo temo que soy un asco con ellos.

Nunca he sido lo que la gente llamaría un buen modelo a seguir. Me han llamado exagerada y voluble, más absorta en la moda que cualquier otra cosa, y trato de que eso no me moleste, a pesar de que hay más en mí de lo que parece.

Es más fácil ser un buen conversador y montar un espectáculo que dejar que la gente se acerque lo suficiente como para ver mi verdadero yo. Además, como Whitney era una damisela en apuros, una de nosotras tenía que tomar la iniciativa y ser la fuerte.

Jon me desolló vivo si descubre que me quedé atrapado con su preciosa hija.

El marido de Whitney adora a su hija tanto, si no más, que a Whitney.

La suya es una relación que hace que me duela el corazón de soledad. Quiero decir, estoy feliz por mi amigo. Realmente lo soy.

Pero también estoy un poco celoso.

No es que quiera a Jon ni nada por el estilo. sólo quiero a alguien como él. Alguien que me ve, mi verdadero yo, de la misma manera que ve a Whitney.

Pero no puedo pensar en todo eso ahora.

Tengo problemas mayores.

Cómo poner mi auto en funcionamiento nuevamente y llevar a Maggie a casa, con suerte, sin que Jon se dé cuenta de lo que pasó.

Quizás nunca más me permita cuidar a Maggie si se entera.

Me muerdo el labio mientras miro arriba y abajo de la carretera vacía.

Mierda.

¿Por qué tuve que derrumbarme en medio de la nada?

Vale, no está en medio de la nada, pero no veo ninguna gasolinera ni edificio cerca. Íbamos de camino a la playa y sé que es una buena caminata de diez millas hasta el signo de civilización más cercano.

Miró a Maggie y me muerdo el labio un poco más.

Saco mi celular y gimo cuando veo que no tengo servicio.

¿Qué voy a hacer?

Mis ojos vuelven a la carretera cuando escucho el ruido de un motor.

Pero no suena como el motor de un coche.

Es una motocicleta.

El corazón me salta al pecho cuando un hombre se detiene y frena.

¡Hurra! ¡Estamos salvos! Seguramente puedo convencer a este tipo para que nos ayude.

Lo saludo y le sonrío alegremente, implorando palabras que ya están en mis labios.

Pero mueren en mi lengua cuando finalmente nos alcanza y se detiene.

Dios mío, este hombre es increíblemente hermoso.

Tiene el pelo negro azabache alborotado por el viento, una barba cuadrada y sin afeitar.línea de la mandíbulay gafas de sol de aviador que le dan un toque de peligro.

Me muero por ver de qué color son sus ojos detrás de esas gafas.

Rezuma todo tipo de testosterona masculina y tiene esa vibra de chico malo con su clásica chaqueta de cuero, camiseta gris claro y jeans negros rotos.

Este hombre ha logrado hacer algo que nadie más en la humanidad ha podido hacer jamás.

Yo, Jessie Cunninghman (también conocida como Posh), estoy absolutamente sin palabras.

Puedo sentir el calor subiendo a mis mejillas cuando él se desmonta y se acerca a nosotros. Es alto, mide al menos seis pies. Se quita la chaqueta y noto que sus musculosos brazos están adornados con tatuajes. Quiero pasar mis dedos sobre ellos, trazando los intrincados diseños que envuelven sus bíceps.

"Hola", dice con voz profunda y áspera. "Parece que estás en una situación difícil".

Asiento tontamente, incapaz de formar una oración coherente.

Él mira a Maggie y le dedica una cálida sonrisa. "Oye, niño. ¿Estás bien?"

"¡Sí! ¡La tía Posh me llevará a la playa!" ella le sonríe con toda la feliz indiferencia de un niño.

El tipo vuelve su atención hacia mí y levanta una ceja. "¿Elegante?"

Mis mejillas arden ante mi apodo, que de repente parece una tontería. "Es como me llaman todos", balbuceo, "pero mi verdadero nombre es Jessie".

"Jessie", dice mi nombre de una manera que me hace apretar los muslos, aunque no sé por qué.

Sus ojos se mueven sobre mí y se detienen donde mis muslos están fuertemente apretados.

Sus fosas nasales se dilatan y, por alguna razón, eso hace que mi pulso se acelere. "¿Cuál parece ser el problema?" él pide.

"Mi coche se averió", logró balbucear. "Y no tengo ningún servicio celular".

Él asiente y sus ojos se fijan en mi viejo Buick.

Veo las preguntas en sus ojos cuando vuelven a mí, y lo entiendo. Mi ropa de diseñador contradice el auto que conduzco, pero cuando Whitney se enfrentó a su padre, yo también decidí tomar una postura. Me mudé y comencé a mantenerme, y algunas personas dirían que tengo mis prioridades al revés, pero elegí gastar más dinero en el tipo de ropa al que estaba acostumbrado que en conseguir un transporte confiable.

Estoy empezando a ver que podría haber sido un error.

El hombre finalmente aparta su mirada de mí y escanea el área a nuestro alrededor. "Sí, no tendrás recepción aquí. Pero no te preocupes, puedo llevarte al pueblo más cercano. Mi bicicleta debería poder llevarnos a los tres".

Dudo por un momento, mi mente corre con todos los peligros potenciales de subirme a la parte trasera de la motocicleta de un extraño. Pero luego me recuerdo a mí mismo que estoy en medio de la nada con un niño pequeño y no tengo otras opciones.

Y por alguna razón inexplicable, sé en lo más profundo de mi alma que este hombre nunca nos haría daño a mí ni a Maggie.

¿Eso es una locura?

"Está bien", digo, finalmente encontrando mi voz. "Muchas gracias."

Me da una sonrisa torcida y siento un revoloteo en el estómago. "No hay problema. Súbete."

Levantó con cuidado a Maggie hasta la parte trasera de la motocicleta y luego me subo detrás de ella. El hombre acelera el motor y con un rugido arrancamos por la carretera desierta.

El viento me azota el pelo y me aferro con fuerza a Maggie, sintiendo el calor del cuerpo del hombre a través de su chaqueta de cuero.

Mientras aceleramos por la carretera, no puedo evitar echar miradas furtivas. Es muy guapo con el viento alborotando su cabello oscuro.

Sacudo la cabeza, tratando de alejar la extraña atracción que siento hacia él. Después de todo, ni siquiera sé su nombre.

Pero cuando llegamos al pequeño pueblo y él me ayuda a bajar de la bicicleta, sé que quiero saber más sobre él.

"Muchas gracias", digo, volviéndome hacia él. "No sé qué habría hecho sin ti."

Me sonríe de nuevo y siento que mis rodillas se debilitan. "No lo menciona. Simplemente estoy feliz de poder ayudar".

"Aún no sé ni tu nombre", digo, sintiéndome envalentonada.

Se ríe, un sonido bajo y sexy que me provoca escalofríos. "Es Billy."

"Billy", repito, saboreando el sabor de su nombre en mi lengua.

Nos quedamos allí por un momento mirándonos el uno al otro antes de que se aclarara la garganta. "¿Por qué no vienes a mi tienda y te arreglaré enseguida, muñeca?"

Mi corazón se acelera ante el cariño.

"Claro—" empiezo y luego hago una pausa. "¿Espera? ¿Tu tienda?"

Me sonríe, una sonrisa desenfadada y hermosa. "Sí, soy el dueño de este lugar".

Mis ojos se dirigen hacia el letrero.

Mecánica del Alcalde.

"Entonces, ¿eres Billy Mayor?"

Me sonríe de nuevo, mostrando un juego completo de dientes blancos y uniformes. "La única e inigualable, Jessie Cunningham".

Mis ojos se abren cuando dice mi apellido, rodeo a Maggie con un brazo y doy un paso atrás.

¿Cómo sabe quién soy?

CAPÍTULO 2

Porra

"Espera. ¿Cómo sabes mi nombre completo? No te dije mi apellido".

Me maldijo internamente por mi error.

Por supuesto que sé quién es Posh (Jessie Cunningham). Su padre es uno de los folladores más ricos de la ciudad y nunca olvidaré la primera vez que vi a la pequeña heredera morena.

Debía tener apenas dieciséis años. Conducía un bonito Corvette rosa que sin duda le compró su padre. Su bob hasta los hombros ondeaba con el viento y sus gafas de sol de gran tamaño hacían que sus labios picados por abejas resaltaran aún más.

Me obsesioné instantáneamente.

La he estado siguiendo desde entonces, vigilando en silencio. Sé que me hace sonar como un enredado, pero si soy honesto, solo estaba esperando que ella cumpliera dieciocho años.

Aparentemente, yo también soy un cobarde porque ella tiene dieciocho años desde hace cinco años. Jessie tiene veintitrés años y ya sé que la niña que tiene con ella es de su mejor amiga, no de ella.

Gracias joder.

Puedes apostar tu trasero a que de ninguna manera iba a dejar que otro hijo de puta se acercara a mi chica y la dejara embarazada.

Ella es mía.

Mío para abrazar, mío para amar, mío para engendrar.

Es difícil explicar por qué he esperado tanto para acercarme a Jessie. Tal vez es que me he acostumbrado tanto a mirarla desde lejos. Tal vez sea porque nunca se presentó la oportunidad perfecta.

Dios, la chica está tan fuera de mi alcance que es ridículo. De ninguna manera ni en un millón de años seré lo suficientemente buena para una chica de tan alta clase como ella. Ella es la fantasía con la que sueñan los chicos como yo.

Y ahora está ella en mi tienda.

Es surrealista. Estoy convencido de que me despertaré en cualquier momento y descubriré que todo esto es un sueño.

Jessie levanta una mano perfectamente cuidada y se levanta las gafas de sol hasta que descansan sobre su cabeza, revelando grandes ojos marrones que son aún más encantadores de cerca en persona como este.

Trago, mi mirada se hunde en la de ella como arenas movedizas. Aclaro mi voz, pero todavía suena áspera como papel de lija cuando trato de hablar con calma.

"Todo el mundo sabe quién es Posh".

Sus ojos se abren y un bonito rubor tiñe sus mejillas.

"¿Conoces a mi papá?" ella pregunta.

"Sé de él", digo simplemente. Sí, no conozco personalmente a ese cabrón, pero sí lo conozco. Demonios, ¿quién no? No puedo decir que me guste ese hijo de puta, pero no le voy a decir eso a Jessie, aunque por lo que he supuesto a lo largo de los años, ella también perdió contacto con su padre.

Mi pecho se hincha de orgullo. Puede que Jessie haya crecido rica, pero está claro que no es una princesa superficial. Estaba dispuesta a renunciar a todo eso para intentar abrirse camino en el mundo cuando llegara el momento de defender sus principios.

No podría estar más orgulloso de ella.

Sin embargo, no puedo decirle todo eso sin revelarle que la he estado vigilando de cerca durante años.

Estoy seguro de que eso la asustaría... y debería hacerlo.

He aceptado que algo anda mal en mí. Que esta obsesión por Posh es algo que me está devorando de adentro hacia afuera.

Y lo jodido de esto es que no es algo contra lo que quiera luchar.

Simplemente es lo que es. Esto no va a desaparecer y yo tampoco.

Estaré en la vida de Jessie de una forma u otra, ya sea que ella se dé cuenta o no. Le pido a Dios poder estar en ella la vida como quiero. Yo a su lado para siempre.

Pero incluso si mi chica no me quiere así, siempre la cuidaré. Nadie jamás la lastimaría bajo mi supervisión.

"Déjame llamar al tipo de mi grúa y pedirle que lleve tu auto hasta aquí y luego le echaré un vistazo".

Jessie mira el reloj por encima de mi hombro y se muerde el labio. Esa pulpa jugosa y rosada que se abre bajo sus dientes como una fruta madura es casi suficiente para hacerme gemir, pero me contengo incluso cuando siento una gota de líquido preseminal subir por mi polla y burbujear desde la punta.

"¿Cuánto tiempo crees que tomará?"

"No mucho", le aseguro, mis ojos se dirigen a la pequeña Maggie. Ya sé por qué Jessie está nerviosa. No quiere que el marido de su mejor amiga se entere de que ella se quedó varada al costado de la carretera con su hija. Por lo que he observado (no conozco al hombre personalmente), es demasiado protector con su esposa e hija. No puedo decir que lo culpe. Sería lo mismo con Jessie y nuestro hijo.

Mi corazón salta en mi pecho ante ese pensamiento mientras mis ojos recorren a Jessie, imaginándolo.

Ahora puedo ver el estómago de Jessie redondeado con mi hijo, el hermoso brillo que tendría al llevar a nuestro bebé dentro de ella.

La mirada de celos en el rostro de todo hombre cuando ven su vientre hinchado y se dan cuenta de que soy yo quien puse mi semilla en ella.

Yo y nadie más.

Se hincha aún más en mis pantalones. Si se vuelve más difícil, podría desmayarme por falta de flujo sanguíneo al cerebro.

Suena el teléfono de Jessie y una expresión de pánico se apodera de su rostro cuando mira quién llama.

Son los padres de la pequeña, sin duda. Probablemente se pregunte dónde está su hijo.

"Um, sí", tartamudea Jessie. "Bueno, verás, nos encontramos con un pequeño problema".

Jessie hace una mueca y aleja el teléfono de su oreja mientras el padre de la niña aparentemente pierde la cabeza.

La única razón por la que no lo despellejó vivo por hablarle a mi chica de esa manera es porque sé que no quiere faltarle el respeto y está completamente enamorado de su esposa, la mejor amiga de Jessie.

De lo contrario, sería un hombre muerto.

"Bien", Jessie finalmente resopla. "Estoy en la Mecánica del Alcalde".

Jessie mira a la niña que se aferra a su mano cuando cuelga el teléfono.

"Su papá está en camino a buscarla", me dice. "Lo cual probablemente sea lo mejor. Probablemente esté lista para llegar a casa".

Maggie bosteza adormilada, afirmando el resumen de Jessie.

En ese momento, mi remolque se detiene con el auto de Jessie.

Lo guío a mi tienda, sintiendo los ojos de Jessie observando cada uno de mis movimientos.

Soy muy consciente de su presencia. Cada célula de mi cuerpo está cortada sobre ella, pero trato de actuar con normalidad y hacer mi trabajo.

Intento no involucrarme cuando Jon entra irrumpiendo en mi tienda, sus ojos exploran frenéticamente los alrededores en busca de su hija.

Vuelve una mirada acusadora hacia Jessie y yo me pongo tensa.

Puede que entienda la sobreprotección del chico, pero eso no significa que le dejaré hablar con ella de ninguna manera.

Así que será mejor que se cuide.

Afortunadamente para él, él domina la situación y no tengo que asesinarlo. Incluso le ofrece llevarla a casa, pero ella se niega.

Mi chica está demasiado orgullosa de ir con él después de que la ha alborotado, y me alegro de que no lo haga.

Puede que el chico esté casado, pero eso no significa que lo quiera a solas con mi Jessie.

Todo el mundo la llama Posh, pero para mí ella es Jessie. Porque la veo real. La ella que ella esconde de todos los demás.

Y voy a demostrarle que no tiene que esconderse de mí. Ella siempre puede ser ella misma cuando esté conmigo y yo cuidaré de ella.

Que se joda su padre. Soy el único papá que mi hija necesitará.

Parpadeo, desconcertada por el giro que han tomado mis pensamientos, pero a la mierda. Me doy cuenta de que eso es justo lo que quiero ser para ella.

Nunca me he metido en ningún sexo particularmente pervertido, pero algo se instala dentro de mí.

Sí, seré todo el papá que Jessie Cunningham necesita.

Para cuando termine con ella, Jessie habrá desaparecido.

Corazón, mente, cuerpo y alma.

Al igual que yo soy de ella.

Ella simplemente no lo sabe todavía.

Y es por eso que soy todo un bastardo por mentir sobre cuánto tiempo me llevará arreglar su auto.

Después de cerrar el capó, me limpio las manos con un trapo y me giro hacia ella. "Tendré que conservarlo durante al menos una semana".

La cara de Jessie cae. "¿Una semana?"

Asiento con la cabeza. "Me temo que sí, muñeca."

Vuelve a morderse ese bonito y regordete labio suyo.

"¿Qué voy a hacer sin mi coche durante una semana?"

Aprovecho la oportunidad. "Puedo llevarte a donde necesites ir".

Sus ojos se mueven hacia mí con sorpresa. "¿En serio? ¿No te importa?"

Casi me río. ¿Mente? Una excusa para estar tan cerca de mi obsesión es como un sueño húmedo hecho realidad.

"Para nada, hermosa."

El rostro de Jessie se calienta cuando me sonríe tímidamente y mi sangre corre bajo mi piel.

Jessie Cunningham, eres mía.

CAPÍTULO 3

16

Elegante

Sigo recogiendo miradas hacia Billy. Me llevará a casa, esta vez en coche.

Una parte de mí desearía que hubiera cogido la bicicleta porque entonces estaría detrás de él con mis brazos alrededor de él. Tendría una excusa para presionar mi cuerpo contra el suyo y oler su aroma.

Dios, eso me hace sonar como un enredador.

Pero, de nuevo, otra parte de mí se alegra de que hayamos cogido el coche porque puedo seguir mirándole a la cara.

Me encanta su cara.

Es el chico más guapo que he visto en mi vida. Todo en él es tan... No lo sé.

Pero llama a algo dentro de mí.

Felizmente podría sentarme junto a Billy por el resto de mi vida.

Ese pensamiento debería asustarme, pero no es así.

Me hace sentir cálido y seguro, como si este fuera mi lugar.

Charlamos de camino a mi apartamento. Ni siquiera puedo decirte exactamente de qué hablamos porque hablamos de cualquier cosa.

Se siente como si lo conociera desde siempre. Parece entenderme más que nadie que haya conocido, aparte de mi mejor amiga, Whitney.

Es como cuando Billy me mira, realmente me ve. Jessie Cunningham, no elegante.

Es por eso que cuando finalmente llegamos a mi departamento y Billy estaciona el auto, no estoy lista para que esto termine.

"¿Quieres entrar?" Dejó escapar antes de que pueda perder los nervios.

Billy parece sorprendido, pero luego sus ojos adquieren una mirada acalorada mientras me miran ardiendo. "Me encantaría, muñeca."

Mis mejillas se calientan ante el cariño y decido que nunca amaré nada más que escuchar a Billy Mayor llamarme "muñeca".

"Me encanta cuando haces eso", dice Billy de repente, con voz ronca.

Mi corazón palpita en mi pecho mientras lo miro fijamente, mi garganta de repente se seca. "¿Hacer lo?"

Él extiende la mano y acaricia mi mejilla con su pulgar. "Cuando te sonrojas así por mí."

No puedo hablar. Todo lo que puedo hacer es mirarlo mientras él continúa acariciando mi mejilla, su mirada recorriendo mi rostro como si quisiera memorizarlo.

¿Es esto real? ¿Realmente puede estar pasando esto?

Miró fijamente sus ojos azules que me arden más que cualquier llama.

Nos quedamos allí mirándonos el uno al otro, él acariciando mi mejilla con tanta ternura hasta que finalmente respira temblorosamente y se aleja de mí, dejando caer su mano.

"Cristo", murmura.

Mi rostro arde más y me giro para abrir la puerta, de repente avergonzado y preguntándome si hice algo mal. Demonios, probablemente parecía un idiota simplemente ahí parada mirándolo. ¿Se suponía que debía hacer algo? ¿Di algo?

No lo sé porque a pesar de toda mi charla, nunca he estado con un chico. Puede que sea un coqueto descarado, pero no sé absolutamente nada sobre el sexo opuesto aparte de lo que he leído en los libros.

Entramos silenciosamente al edificio, abro la puerta de mi apartamento y entro.

"¿Quieres algo de beber?" —ofrezco, de repente aún más nervioso.

El asiente. "Sí, una cerveza estaría bien".

Asiento y me muevo a mi pequeña cocina para tomar dos cervezas. Le entrego uno y tomo un sorbo del mío, mi mirada se posa en la suya.

Siento que estoy a punto de vibrar fuera de mi piel. Estoy tan nervioso que no sé qué hacer conmigo mismo, lo cual es extraño porque nunca estoy nervioso.

Pero Billy hace algo inexplicable para mí.

Billy deja su cerveza y camina hacia mí, su expresión se oscurece por el deseo. Sin decir una palabra, me rodea la cintura con la mano y me atrae hacia él. Jadeo, sintiendo mi cuerpo sonrojarse de calor mientras él se inclina más cerca de mí.

"No puedo esperar más", murmura, con voz baja y ronca. "Necesito tenerte, muñeca".

Mi corazón prácticamente se sale de mi pecho ante sus palabras. ¿Realmente está diciendo lo que creo que está diciendo?

Antes de que pueda responder, capturó mis labios en un beso abrasador. Su boca es caliente y exigente, su lengua se desliza para enredarse con la mía. Gimo en su boca, mis manos se aferran a sus hombros mientras él me acerca más a él.

Rompe el beso y me mira con los ojos oscurecidos. "Te necesito", repite, con la voz llena de deseo.

Asiento, sintiendo una repentina oleada de valentía. Yo también quiero esto. Lo quiero.

Me levanta sin esfuerzo y me lleva hacia mi habitación, sus labios dejan besos por mi cuello y clavícula. Dejé escapar un suspiro, sintiendo mi cuerpo palpitar de placer ante su toque.

Cuando llegamos a mi cama, me acuesta suavemente, sin dejar de mirarme. Se quita la camisa, dejando al descubierto su tonificado y musculoso pecho. No puedo evitar mirar mientras el calor se acumula entre mis piernas.

Se inclinó y capturó mis labios en otro beso, sus manos recorriendo mi cuerpo para quitarme la ropa. Estoy desnuda debajo de él, sintiéndome vulnerable y expuesta, pero también increíblemente excitada.

"Tan jodidamente perfecto, tal como sabía que serías", dice mientras su mirada me recorre antes de proceder a lamer y besar cada centímetro de mí.

Siento sus manos temblar mientras patinan sobre mi piel, y las mías también tiemblan cuando le devuelvo el toque, maravillándome de las cuerdas musculares que se ondulan a través de sus brazos y pecho.

"Joder, Jessie", finalmente gime mientras se quita los pantalones.

Jadeo mientras observo su longitud y circunferencia. El hombre está más que bien dotado.

Su polla está erguida y dura con humedad rezumando de la punta. Sus venas son pronunciadas y puedo prácticamente verlo palpitante.

Mi propio sexo palpita en respuesta.

Se coloca encima de mí. Siento su punta empujando mi entrada, pero aún no me penetra.

En cambio, toma mi cara entre sus enormes manos y me mira fijamente a los ojos.

"Eres mía a partir de este momento. ¿Me entiendes, Jessie?"

Me derrito debajo de él mientras asiento.

"No, lo digo en serio, cariño. Una vez que entre en ti, eso es todo. No soy uno de esos tipos que pueden hacer las cosas a medias. Tú. Eres. Mío. Nunca te dejaré ir. ¿Entiendes lo que haces?" ¿Te estoy diciendo?"

Mi corazón da un vuelco. Billy tiene una mirada medio enloquecida en sus ojos, y tal vez yo también esté loca por que me guste.

Es comoel esta obsesionado con mí, y siento un cálido resplandor comenzar dentro de mí.

Quiero que se obsesione conmigo.

Quiero que él me quiera.

Yo y sólo yo.

Levantó la mano y tomó su rostro entre mis manos como si él tuviera las mías mientras susurro. "Sí, lo entiendo. Soy tuyo, Billy".

Hace un sonido ahogado y luego se sumerge en mí sin previo aviso.

Jadeo ante el dolor de la repentina intrusión. Él gime y se queda quieto, dándome tiempo para adaptarme a él. "Oh, joder, oh joder, oh joder", canta antes de comenzar a dejar besos en mis mejillas, mis ojos, mi frente.

Me hace sentir preciosa y adorada.

Pasa sus manos por mi cabeza y mis brazos, tocándome con reverencia, como si me estuviera adorando.

"Mi hermosa niña. Tan perfecta. El angelito perfecto de papá".

Mi coño se aprieta alrededor de él cuando se llama a sí mismo esa palabra prohibida. Me sorprende, pero no puedo decir que no me guste.

No, a juzgar por la humedad que inunda entre mis piernas, me encanta.

Y no sé por qué.

"Sí," sisea mientras me agarra el pelo con los puños y captura mis ojos con los suyos. "Te encanta eso, ¿no, cariño? ¿Te encanta que me llame tu papá? Hace que este coñito perfecto esté muy húmedo, ¿no?"

Todo lo que puedo hacer es gemir en respuesta, y el sonido debe empujar a Billy al límite porque hace otro sonido estrangulado, y luego comienza a empujar dentro y fuera de mí.

Cierro los ojos y lloro, arqueando la espalda mientras su polla golpea cada nervio sensible dentro de mí.

Cuando empiezo a arañar la espalda, él empuja más profundo y más rápido. "Más, papá", le ruego contra sus labios, mis manos agarran su musculoso trasero.

"Oh, joder, Jessie, cariño", gruñe mientras redobla sus esfuerzos, golpeándome aún más fuerte y más rápido que antes.

Puedo sentir mi orgasmo aumentando lentamente con cada embestida, mis músculos se tensan con cada movimiento de sus caderas. Él gruñe y empuja con más fuerza, aumentando el ritmo con cada segundo.

"No pares", susurro, mi cabeza girando de placer. "No pares, papá".

Él gruñe, sus ojos vidriosos por la necesidad. Está a punto de perder el control, cada músculo de su cuello está tenso.

"¿Quieres que papá te dé todo lo que tiene, pequeña? ¿Eh?" él gruñe.

"Mmm-hmmm", gemí, levantando mis caderas hacia él.

"Joder", gruñe mientras sus embestidas se vuelven crudas y feroces, casi violentas. Mi orgasmo llega sin previo aviso, mi espalda se arquea mientras mi coño se aprieta con fuerza alrededor de su polla.

Gimo en voz alta, mi cuerpo tiembla de placer. "Billy", susurró, con la voz entrecortada. "Oh Dios, Billy."

"Llámame papá", ordena mientras agarra mi cuello. "Llámame papá cuando te rompa esta gran nuez.

Eso envía una nueva ola de placer que cae sobre mí.

"¡Papá!" Grito cuando mi próximo orgasmo me golpeó como un maremoto.

"Mierda", ruge, y luego corre también. Su polla sufre espasmos dentro de mí, sus músculos se tensan mientras derrama su semen caliente en mi coño mojado.

Me besa profundamente, envolviendo sus brazos alrededor de mi espalda y casi levantándome de la cama con su beso.

Dejo escapar un largo suspiro y el corazón me late con fuerza en el pecho.

"Te amo", susurra, con sus ojos fijos en los míos. "Te amo con toda mi alma. Te amaré hasta el día de mi muerte y cien años después".

Mi alma emprende el vuelo. Puede que esto sea rápido, pero no me importa. Siento que la verdad de sus palabras se instala en mí y no puedo negar mi propia verdad.

"Yo también te amo", le susurro.

La polla de Billy todavía está dura dentro de mí y siento que salta ante mi confesión.

Vuelve a tomar mi cara y sus ojos se clavan en los míos mientras afirma de nuevo: "Te amo muchísimo. Nunca entenderás realmente cuánto, Jessie".

No discuto con él. En lugar de eso, lo agarró por la nuca y lo jalo hacia abajo para besarlo, tratando de comunicarme con mis labios lo que parece que no puedo expresar con palabras.

Y ahora estoy jodidamente agradecido porque mi auto de mierda se averió al costado de la carretera.

No sé cómo era mi vida antes de Billy, y ahora sé que no quiero volver a vivir sin él.

CAPÍTULO 4

25

Porra

No sé cómo sería mi vida sin Jessie. Observarla desde lejos todos estos años fue una tortura agridulce, y ahora que sé lo que es tener su luz en mi vida, no hay manera de que pueda volver a observarla desde las sombras.

No intento ser dramático ni poético, pero realmente no puedo imaginarme volver a mi vida anterior.

Es como si antes estuviera viendo todo en blanco y negro.

Ahora todo está en vívido tecnicolor.

Sé que nos estamos moviendo rápido, pero todavía se siente bien.

Sé que Jessie siente lo mismo que yo.

También sé que en esta situación estoy bastante jodido.

No sé qué haría si ella me dijera que necesita "tomar un descanso". Nunca he querido que alguien permanezca en mi vida más de lo que quiero que Jessie permanezca en mi vida.

Mi obsesión por ella ha sido llevada a un nuevo nivel. Ahora que la he tenido en mis brazos no hay vuelta atrás.

Estoy loco cuando se trata de ella. Miro a cada hombre que siquiera la mira. Que se jodan todos los demás hombres que hay. Ni siquiera quiero que la miren.

Ella es mía.

Mía, mía, mía.

Incluso ahora que he arreglado su auto, todavía la llevo a todas partes y gracias a Dios ella está de acuerdo con eso. La llevo a su trabajo en el estudio de diseño de interiores en el que trabaja. Trabaja como asistente del diseñador principal, pero sé que Jessie aspira a tomar las decisiones ella misma algún día.

Quiero hacer realidad todos sus sueños y he estado ahorrando la mayor parte de mi dinero durante años para prepararse para lograr precisamente eso.

Sólo estoy esperando el momento adecuado para decirle a mi hija que su papá tiene todo lo que necesita para iniciar su propia empresa de diseño de interiores.

Puede ser su propia jefa y lo hará de maravilla. Simplemente lo sé. Tengo fe en mi niña.

Debo decir que una de mis partes favoritas de cada día es cuando estoy esperando allí para recogerla después del trabajo. Me encanta ver la forma en que su rostro se ilumina cuando me ve.

Me encanta la forma en que intenta caminar como una adulta, pero luego no puede evitarlo y termina corriendo el resto del camino y saltando directamente a mis brazos como la niña de papá que es.

Por eso siempre estoy esperando afuera del auto, apoyada contra él. Nada me gusta más que tomarla en mis brazos y sentir sus piernas envolverme mientras reclamó sus labios en un beso como si no la hubiera besado en un año.

Aunque siempre es así con nosotros. Podemos tener sexo por la mañana y por la tarde ya volvemos a morirnos de hambre el uno por el otro.

Hay muchas veces que apenas habíamos llegado al auto cuando la tenía a horcajadas sobre mi regazo y montando mi polla como si fuera la vaquera estrella en un espectáculo de rodeo.

Jessie corre hacia mí ahora, luciendo aún más emocionada de lo habitual.

Una sonrisa tonta se apodera de mi cara mientras ella salta a mis brazos y chilla.

"¿Adivina qué, adivina qué, adivina qué?" —bromeó mientras me llena la cara de besos.

Me río entre dientes mientras la acerco a mí. "¿Qué, muñeca?"

"¡Me ofrecieron un nuevo trabajo!" ella chilla. "Mike me va a dar un ascenso. Sólo quiere que me reúna con él para cenar esta noche para repasar los detalles y ver mi portafolio en el que he estado trabajando todos estos años".

Quiero estar feliz por ella, pero al instante me pongo tenso. Mike es uno de los altos mandos de la empresa para la que trabaja, y ese cabrón no me gustó nada más verlo.

¿Por qué?

Porque todos estos años ha deseado a mi Jessie. Veo la forma lasciva en que la mira, y mi Jessie no sabe que la única razón por la que no ha tenido esta oportunidad antes fue por mi culpa.

He hecho todo lo posible a propósito para mantener a este cabrón alejado de mi chica.

Pero ahora finalmente logró una manera de intentar acercarse a ella, y no lo permitiré.

Sobre mi cadáver.

¿Pero cómo le digo eso a Jessie sin parecer un bastardo controlador?

Dejo a Jessie lentamente en el suelo y ella parpadea hacia mí, sintiendo instantáneamente que algo anda mal.

"¿Qué es?" ella me pregunta.

"Simplemente no sé si esto es una buena idea, muñeca."

Su cara cae y da un paso atrás de mí. "¿Qué? ¿Por qué no? Sabes lo duro que he trabajado y cuánto he deseado un descanso como este. ¿Cómo es que no estás feliz por mí?"

Odio el dolor que veo en su rostro, y odio aún más saber que soy yo quien puso esa mirada allí, así que decido optar por la honestidad.

"Jessie, cariño, ese cabrón que Mike sólo quiere en tus pantalones".

Todo el cuerpo de Jessie se pone rígido instantáneamente. "Entonces, ¿no crees que mi trabajo es lo suficientemente bueno como para que me asciendan sólo por mérito? Si un hombre me asciende, es sólo por mi cuerpo, ¿verdad?"

Pasó una mano por mi cara. "Jesús", murmuró, "eso no es lo que quise decir en absoluto, Jessie. ¿Cómo puedes siquiera pensar eso?"

Pero ella no me escucha. Ella niega con la cabeza y se aleja de mí. "No necesito que me lleves hoy, Billy. De hecho, podría ser bueno para nosotros enfriar las cosas un poco".

El pánico sobrecarga instantáneamente mi sistema. Doy un paso hacia ella. "Jessie, ahora espera un minuto. No reaccionemos de forma exagerada. No me estás escuchando. Eso no es lo que quise decir en absoluto, cariño".

Pero ella ya se está alejando de mí.

Corro detrás de ella y la hago girar para que me mire. Mi voz es desesperada, pero me importa un carajo. No sirve de nada ocultarle lo que siento.

Ella es mi todo.

"¿Recuerdas lo que te dije la primera vez que estuvimos juntos?son mios, Jessie. Para siempre. Nunca te dejaré ir."

Mi corazón se rompe cuando Jessie no me mira a los ojos mientras se aleja de mí y dice las palabras que he estado temiendo. "Sólo necesito algo de tiempo, Billy. Si realmente me amas, lo respetarás. Nunca te he pedido nada, pero te lo pido ahora".

Afirmo mi mandíbula mientras la miro fijamente. Ella todavía no me mira y sé muy bien por qué.

Es porque ella no puede. Porque en el fondo sabe que esto está mal. No estamos destinados a estar separados.

¿Pero cómo puedo refutar sus palabras? Si la fuerzo ahora, siempre podrá decir que no le di otra opción.

Así que no digo ni una palabra más. En cambio, simplemente me quedo ahí y la veo regresar al edificio, llevándose mi corazón y mi alma con ella.

Si quiere un descanso, le daré lo que parece.

Pero todavía estaré allí.

Ella nunca se deshará de mí.

Cuando ella llame, su papá vendrá corriendo.

CAPÍTULO 5

31

Elegante

Las lágrimas llenan mis ojos cuando regreso al edificio en el que trabajo. No sirve de nada volver a casa con Billy. También podría quedarme aquí hasta que llegue la hora de cenar con Mike.

Me duele que Billy no tenga más fe en mis habilidades de diseño de interiores. De todas las personas, él es la única persona que pensé que creería en mí.

Intento ignorar el dolor en mi pecho mientras me preparo para la cena. Estoy revisando mi portafolio y haciendo algunos ajustes de último momento para asegurarme de mostrar mi mejor trabajo.

No puedo pensar en Billy. Ahora no.

Tomó un taxi hasta donde se supone que me encontraré con Mike.

Quiero parecer confiado y profesional, pero no puedo ser nada seguro cuando mi mente está llena de pensamientos sobre la forma en que Billy me miró.

El dolor y la preocupación en sus ojos.

Entró al restaurante y al instante veo a Mike. Me sonríe y algo en la mirada de sus ojos me pone la piel de gallina.

Intento deshacerme del sentimiento. Probablemente sea Billy el que se está metiendo en mi cabeza.

"Posh", me saluda Mike, e ignorar la punzada de escuchar mi apodo.

Me he acostumbrado tanto a que Billy me llame por mi nombre real. Si realmente rompo con Billy para siempre, ¿volveré a escuchar a alguien llamarme de otra manera que no sea Posh? ¿Alguien volverá a parecerlo alguna vez?

Pero claro, pensé que Billy me vio, pero no cree que mi trabajo sea lo suficientemente bueno como para conseguir un ascenso. Él piensa que se trata de mi cuerpo.

"Vamos, tenemos una mesa", me dice Mike. Se mueve para rodear mi hombro con su brazo, pero entro en pánico y lo esquivo.

Puede que no sea feliz con Billy en este momento, pero eso no significa que quiera que otro hombre me toque.

Miro a mi alrededor mientras entramos, captando el ambiente de club nocturno del lugar. Se me cae el estómago. Este no es un restaurante estándar. De hecho, no es el tipo de lugar en el que me imagino que se celebran muchas reuniones de negocios.

Parece demasiado... cutre.

"Entonces, Posh, cuéntame más sobre ti", dice Mike, recorriendo con la mirada mientras nos acomodamos en nuestros asientos.

"Acerca de mi trabajo, querrás decir", lo corrijo mientras saco mi portafolio.

Mike hace un gesto con la mano con desdén. "Sí, sí, de lo que quieras hablar, nena".

Me estremezco ante el apodo. Billy nunca me llama "nena". Siempre es "muñeca" o "bebé", y no me gusta cómo suena viniendo de Mike.

Saco mi portafolio y lo hago girar para mostrárselo. Hojeo algunas de las páginas, explico el razonamiento detrás de algunos de los diseños que elegí, haciendo lo mejor que puedo para mostrar mis habilidades.

Pero Mike no está mirando mis diseños.

Siento su mirada sobre mí, y cuando levanto la vista y lo encuentro a los ojos, mi corazón cae.

Me mira como si fuera lo que hay en el menú de esta noche.

Billy tenía razón.

Dios mío, soy un idiota.

Yo no voy conseguir un ascenso durmiendo hasta llegar a la cima.

Como si leyera mi mente, Mike sonríe. "No, no creo que quiera hablar de tu trabajo, Posh. O al menos, no todavía". Se inclina hacia adelante, sus ojos van desde mi cara hasta mis pechos y luego más abajo. Él mira mi cuerpo lenta e intensamente, y no puedo evitar retorcerme en mi asiento.

Intento reprimir el miedo que está burbujeando dentro de mí.

No es como si fuera a arrojarse contra la pared y arrancarme la ropa.

Ojalá Billy estuviera aquí. Él haría que todo esto fuera mejor. No me importa si él no creyó en mí.

Lo necesito.

Se me llenan los ojos de lágrimas y me pongo de pie. "Esto fue un error", murmuró, pero entonces la mano de Mike sale disparada y se ata alrededor de mi muñeca como un grillete.

Y ahí es cuando se desata el infierno.

De repente, Billy está allí. No sé de dónde diablos vino, pero levantó a Mike de su asiento más rápido de lo que puedo parpadear.

Billy está parado cerca de Mike, su rostro a centímetros del de Mike, y puedo ver el fuego en sus ojos mientras lo mira fijamente. Mike retrocede, obviamente intimidado por el repentino arrebato de Billy. Puedo sentir mi corazón acelerarse y mi cuerpo temblar. No sabía que Billy tenía la capacidad de ser tan violento. Por un momento, le tengo miedo, pero luego se gira hacia mí y toma mi mano, levantándome de mi asiento.

"Vamos, Jessie", dice, su voz profunda y tranquilizadora, y al instante me relajo al escucharlo decir mi nombre real.

Asiento, agradecida por su presencia. Tan pronto como salimos al aire fresco de la noche, Billy me abraza y me acerca a él. Puedo sentir su pecho subir y bajar contra el mío, y cierro los ojos, saboreando la calidez de su abrazo.

"Lo siento, Jessie, cariño", me susurra al oído. "Lo siento mucho. No debería haber dejado que te alejaras de mí. Lo sabía". Su voz se quiebra. "Lo sabía, y no es que no creyera en ti, cariño. Es sólo que sabía lo que él buscaba. Lamento no haber estado ahí para ti cuando me necesitabas".

Sacudo la cabeza y las lágrimas corren por mi rostro. "No es tu culpa, Billy", digo, con la voz ahogada por la emoción. "Debería haber sabido que no debía confiar en Mike. Debería haber confiado en ti, y estuviste allí cuando te necesité. Si no hubieras venido cuando..." mi voz se entrecorta en un sollozo porque finalmente pudo haber sucedido. me golpea.

"Ssh", Billy me tranquiliza. "No hables de eso, cariño. Estoy aquí ahora y te juro que nadie te hará daño, cariño".

Se alejó para mirarme y sus manos tomaron mi cara. "No tienes que hacer esto sola, Jessie", dice en voz baja e intensa. "Estoy aquí para ti. Siempre. Por eso quería decírtelo... He estado esperando el momento adecuado para decírtelo".

Me alejo y lo miro.

Respira profundamente antes de continuar: "Te he estado acosando durante años, muñeca. Desde que tenías dieciséis años, he estado enamorado de ti. Entonces supe que eras la única chica para mí. He estado esperando todo este tiempo, y luego, cuando tu coche se averió en el otro lado del mundo, fue como si el universo hubiera hablado. Era hora de presentarme a ti.

"Y ahora que sé lo maravilloso que es tener tu presencia real en mi vida, no puedo imaginar mi vida sin ti. He estado guardando casi todo lo que he hecho durante todos estos años para nuestra vida juntos. Sé que creciste en una vida de lujo, y no sé si alguna vez podré darte lo que estás acostumbrado, pero estoy muy seguro de que estoy dispuesto a intentarlo, cariño. "Dedos hasta el hueso. Haré todo lo que quieras si eres mi esposa".

"Lo quiero todo contigo. La vida, los niños, los diablos, incluso un perro si quieres. Y quiero hacer realidad todos tus sueños. Tengo dinero reservado solo para que comiences tu propio negocio, cariño". ... Y no es porque no crea en ti sino porque lo creo.'

"Eres increíble, Jessie. No sé mucho sobre diseño de interiores, pero incluso yo puedo ver que eres la mejor y te mereces todo lo que tu corazón quiere y más. No tendrás que trabajar ni un día más en tu vida". "Si no quieres. Sabes que tu papá siempre te cuidará, pero si hacer esto te hará feliz, entonces te apoyaré en todo momento".

Lo único que puedo hacer es mirar a Billy, boquiabierto después de su monólogo. Nuevas lágrimas acuden a mis ojos, pero esta vez no son lágrimas ni tristeza ni nada más que felicidad.

Me inclino hacia él, envolviendo mis brazos alrededor de su cuello y besándolo ferozmente. La pasión entre nosotros es palpable y puedo sentir el calor de su cuerpo contra el mío. Presiona sus labios contra los míos con la misma fuerza y puedo sentir sus brazos apretándose a mi alrededor, acercándome aún más.

Mientras nos separamos, lo miro con todo el amor que siento en mi corazón. No puedo creer que alguna vez haya dudado de él. Tal vez debería enojarme por su confesión de que me ha estado observando todos estos años. Quizás debería asustarme.

Pero yo no.

Te amo.

Me encanta que esté tan obsesionado conmigo.

"¿Cómo pude tener tanta suerte?"

Billy se acerca aún más, su voz ronca por la emoción. "Soy la afortunada, Jessie. Y me aseguraré de que siempre estés feliz y cuidada, cariño. Te amo más que a nada en este mundo".

"Yo también te amo, Billy", respondo, mi corazón se hincha de emoción.

Mientras nos abrazamos de nuevo, puedo sentir que el mundo que nos rodea se desvanece, dejándonos solo a nosotros dos en un torbellino de pasión y amor. Es como si fuéramos las únicas personas en el planeta y nada más importara excepto la conexión que compartimos.

"Gracias, papá", le digo.

Sus ojos se calientan mientras me mira. "Cualquier cosa por mi buena niña."

Mi corazón da un vuelco ante la mirada en sus ojos.

Nunca me cansaré de ver esa mirada de obsesión en su rostro.

Y siempre seré su niña buena.

EPÍLOGO

Un año después

Porra

Colocó una mano sobre el vientre embarazado de mi esposa, mi pecho se hincha de orgullo.

Sí, hijos de puta, lo hice. Me follé a mi hija hasta su vientre y todos ustedes pueden comerse el corazón.

Estamos en mi tienda y puedo ver a todos los hombres mirando a mi esposa, aunque intentan ser subrepticios al respecto.

Me abstengo de asesinarlos porque ella está en mis brazos Y ella les ha dejado claro a todos que soy su papá.

Estoy seguro de que soy parcial, pero creo que Jessie está aún más hermosa en su embarazo. Ella realmente tiene un brillo feliz y ahora estoy más hambrienta por ella que nunca.

Pero creo que siempre seré así con ella. En lugar de calmarme, mi obsesión por ella solo se hace más fuerte cada día.

Mi polla se está poniendo dura ahora mismo con solo mirarla.

Ella inclina la cabeza hacia arriba para sonreírle y empiezo a perder líquido preseminal.

Y eso es justo de lo que estoy hablando. Todo lo que Jessie tiene que hacer es sonreírle y estoy lista para volverme loca.

Estoy loco por esta chica.

Jessie se acerca detrás de ella y me pasa la polla a través de mis pantalones de cuero.

Siseo y tomo su mano, llevándola al garaje. Mantengo mi motocicleta bajo llave. No hay nadie más aquí y no puedo esperar más.

"Niña traviesa", le digo con voz áspera al oído mientras la inclinó sobre la parte trasera de mi motocicleta y le levantó el vestido de maternidad. "Creo que mi pequeña quiere que su papá se la folle".

Muevo mi mano entre sus piernas y mi cabeza da vueltas cuando descubro que no lleva bragas.

"Oh, joder, sí, lo quieres, ¿no, cariño? Por eso no llevas bragas. Quería asegurarme de que no hubiera nada entre papá y su coño, ¿no?"

"Billy", gime Jessie mientras froto su humedad alrededor de su clítoris, acariciándola tal como sé que le gusta. A mi niña le encanta cuando le hablo sucio y siempre estoy dispuesto a darle lo que quiera.

"Así es", gruñí cuando ella aprieta su trasero contra mi polla. "Te encanta la polla de tu papá, ¿no, bebé?"

Jessie gime y se retuerce contra mí mientras juego con ella.

"Estás tan mojada, mi pequeña niña mala", gruñí mientras introducía dos dedos dentro de ella. Utilizo mi otra mano para acariciar su clítoris y Jessie echa la cabeza hacia atrás y gime mi nombre.

"Sí, Billy. Papá, por favor, fóllame", gime, y me encanta tenerla tan excitada.

Me encanta cuando puedo hacerla gemir, llorar, gritar y todo lo que quiero escuchar.

"Eso es todo, cariño. Papá te va a follar duro. ¿Quieres eso? ¿Quieres que papá te dé lo que necesitas?"

"Billy, por favor", suplica, la nota desesperada en su voz casi me lleva al límite.

Me arrodillo y la lamo por detrás, mi lengua se desliza por los labios de su coño, lamiendo todo su dulce néctar. Dios, me encanta cómo sabe.

Utilizo mis dedos para abrir sus labios y empiezo a lamerla incesantemente, pasando mi lengua por toda ella mientras ella gime mi nombre una y otra vez. Sus manos se agarran con fuerza al asiento de la bicicleta mientras la lamo con todo lo que valgo, cuidando a mi pequeña para que sepa que más que nada soy su todo.

Mi polla está dura como una roca y me muero por follármela. Mi polla está tan jodidamente dura que puedo sentir el líquido preseminal goteando por ella. Rezuma continuamente de mi punta y tengo mis manos alrededor de mi eje, acariciándolo con todo lo que puedo mientras lamo el increíble coño de mi esposa.

Pero tengo que parar porque sé que si sigo así, voy a explotar.

Y no puedo permitir eso porque necesito complacerla. Necesito darle esta gran polla de papá hasta que se corra tan fuerte que no pueda ver con claridad.

"Buena chica", la elogio mientras la empujo hacia adelante hasta que se inclina sobre la bicicleta. "La pequeña niña de papá es muy obediente con él. Quieres que papá te incline y te folle, ¿no?"

Ella asiente salvajemente y le sostengo el culo con una mano mientras coloco mi polla con la otra.

"Papá se está preparando para darte lo que has estado pidiendo. ¿Estás listo para la polla de papá?"

"Sí", gime ella. "Por favor, Billy, dame tu polla".

No pierdo el tiempo porque quiero sentir mi polla enterrada en ella hasta donde pueda llegar. Empujo lentamente mi polla dentro de ella y empiezo a follarla.

Quiero venir al mismo tiempo que ella.

Cuando estoy completamente adentro, lo sostengo allí antes de comenzar a sacarlo lentamente. Vuelvo a deslizarme y lo sostengo allí antes de salir. Ella está gimiendo, arañando el asiento. Joder, ella es una buena chica para mí.

Continúo follándola lentamente, con las manos agarrando sus caderas, moviéndose hacia adelante y hacia atrás mientras me sumerjo en ella una y otra vez. Mis dos manos van a su trasero y abro sus mejillas mientras me sumerjo en ella. Me encanta ver mi polla entrar y salir de ella. Puedo ver sus jugos goteando por mi polla y es la cosa más erótica del mundo.

Mis bolas golpean su coño y puedo sentirla apretarse alrededor de mi polla. Sé que ella está cerca. Está tan cerca que está temblando y puedo sentirla venir sobre mí mientras grita, alternando entre mi nombre y "papá".

Me encanta. Soy el único que alguna vez la hará sentir así.

"Mía", gruñí mientras la golpeaba con más fuerza.

Ella gime más fuerte y aceleró, follándola cada vez más rápido. Es todo lo que puedo hacer para contenerme porque quiero llenarla con mi semen. Quiero correrme profundamente dentro de mi pequeña, pero no quiero que sienta el semen saliendo de mi polla todavía. Quiero sentir su coño agarrándome mientras mi semen se filtra en su pequeño y estrecho agujero.

Cuando puedo sentir su coño apretándose a mi alrededor otra vez, finalmente me permito dejarlo ir.

Me aferro con fuerza a sus caderas mientras me meto dentro de ella por última vez, echando la cabeza hacia atrás y rugiendo mientras mi liberación comienza a viajar por mi tallo.

Puedo sentir su coño ordeñando mi polla, y ella grita mi nombre y me llama papá mientras empiezo a vaciar mi carga directamente en ella.

Ella está gimiendo y retorciéndose, y mi polla sigue teniendo espasmos dentro de ella, arrojando cuerda tras cuerda dentro de ella hasta que gotea por nuestras piernas entre nosotros.

Joder. Menos mal que ya está embarazada o esa carga seguramente la habría dejado embarazada.

Cuando finalmente salgo de ella, tengo cuidado de atraparla antes de que caiga.

La acuno en mis brazos y beso su frente suavemente.

"Te amo, Jessie. Eres mi todo, ¿lo sabías?"

"Sí, papá", me sonríe como un gatito contento y mi pecho se hincha.

Mi niña perfecta. Mi esposa. Mi vida. Mi amor. Mi todo.

Muchas Gracias

Muchas gracias por elegir leer "Obsesionado con ella". Espero que hayas disfrutado siguiendo la apasionada y prohibida historia de amor en este libro. Espero que su historia te haya conmovido, emocionado e incluso inspirado.

Si te ha gustado Obsesionado con ella, por favor, deja una reseña sincera en la tienda online donde compraste el libro. Tus opiniones son muy importantes para mí, ya que me ayudan a mejorar mi escritura y a entender mejor lo que te gusta de mis historias.

Si quieres descubrir más obras mías, no te pierdas:

"Atrapado por ella: La persona a la que quería hacer daño resultó ser la única que le había llegado al corazón"

Esperaba usarla y rebotar. Después de todo, no se trataba de amor, sino de venganza. Pero el que se propuso lastimar resultó ser el único que alguna vez tocó su corazón. Ahora se encuentra en un dilema, atrapado entre la espada y la pared.

O traiciona la memoria de su padre muerto al no llevar a cabo la venganza que haría descansar al otro hombre. O traiciona a la mujer que había llegado a considerar suya.

Keith No tiene idea de que el apuesto extraño que la había cautivado tenía un motivo oculto. Para ella fue amor a primera vista. Ella echó un vistazo a sus ojos sonrientes y esos hoyuelos en sus mejillas y su corazón se aceleró.

Pero está dispuesta a apostar que su mañana siguiente superaría cualquier cosa registrada. Bueno, mañanas después, muchas, muchas mañanas.

Eso es lo que tomó Douglas para decirle la verdad. Después de su primera noche juntos, no se atrevía a atenuar la luz de sus ojos, pero el tiempo se acababa y no tenía otra opción.

¿Lo perdonará por lo que ha hecho, o están destinados a vivir la vida sabiendo que la persona que realmente aman se escapó?

"El gilipollas nº 1: No pone excusas por lo que es o por lo que hace"

Amo a las mujeres. Me encanta follar. No devuelvo llamadas. ¡Diablos, no acepto números! No me follo a una chica dos veces, porque después de una vez ya no tengo ningún interés.

No pongo excusas por quién soy o lo que hago. Soy un idiota.

De hecho, esto el rey imbécil, y es bastante apropiado porque soy Steve Binsin, y no amo. Luego apareció ella, ¡y ahora estoy realmente jodido!

"Agarra tan Fuerte: Nunca imaginó que una obsesión pudiera apoderarse tan fuertemente de él"

Cuando Nehemia Franck caminó hacia el Arándano rancho, esperaba que su vida fuera de cierta manera. Ella era la novia por correo del propietario y debía cumplir con sus deberes. Limpia la casa, cocina para sus hombres y calienta su cama por las noches. Lo que no esperaba era que el vaquero fornido entrara y literalmente la arrastrara.

Holsen Myrtil No tuve tiempo para salir y encontrar una esposa. Así que una novia por correo parecía la forma más fácil de encontrar pareja. Pensó que había cometido un error hasta que vio el pequeño rayo de sol que iluminaba su vida. Nunca imaginé un amor verdadero como este. Nunca imaginó que una obsesión pudiera arraigarse con tanta fuerza.

Cuando el drama llega a la granja y su rápido amor se ve amenazado, ¿puede Nehemías y Olsenmantenerlo unido?

"El Extraño Matrimonio del Multimillonario: Desde que empezó a desarrollar sentimientos por Clark."

Merlín tiene grandes decisiones que tomar sobre su vida.

¿Debería dejar todo en suspenso por una relación que no es real?

A medida que continúa con la farsa, comienza a desarrollar sentimientos por clark.

¿Pero él siente lo mismo?

¿O simplemente necesita una novia para poder hacerse con su gran herencia?

"Esas Caricias Tabú: Esa noche cambió mi vida para siempre",

Comenzó con un beso, un toque inocente. No debería haber llevado a nada más por quiénes éramos, por lo que éramos el uno para el otro. Pero lo amaba incluso si fuera mi hermanastro. Lo llamaban chico malo, peligroso, era rudo y crudo en todos los aspectos masculinos importantes. Pero todavía lo amaba.

Y esa una noche, esos toques tabú, las palabras suaves y sucias que susurró cambiaron mi vida para siempre. Me dio a su bebé. Y luego se fue, fue despedido, sin saber nunca la verdad. Ahora, un año después, ha regresado y afirma que siempre he sido suya. ¿Pero seguirá siendo así una vez que se sepa la verdad?

Un libro pseudo-tabú que tiene una pequeña dosis de angustia, un bebé secreto y un chico malo. El héroe es melancólico, posesivo, pero sólo ha tenido ojos para la heroína. La heroína es una dulce y encantadora chica de pueblo que tiene miedo de perder al héroe nuevamente una vez que se entera de su hijo.

"Un Alfa con mal Carácter: Ninguna mujer ha sido capaz de manejarlo"

Abusada y expulsada de su manada por estar gorda, Emma tiene que encontrar un nuevo alfa, uno que esté dispuesto a aceptarla con sus defectos. Ella ha oído hablar de wilson , un alfa con mal carácter, que fue expulsado de su manada original y creó la suya propia de alguna manera misteriosa. Sólo puede esperar que él la acepte.

Cada persona wilson que lleva en su manada tiene algún defecto que ha sido rechazado por otros, pero él no ve defectos, sólo belleza. Cuando ve por primera vez Emma , él sabe que la quiere. Él siente la oscuridad y la fuerza dentro de ella, y no tiene más remedio que usar todos los medios posibles para hacerla colapsar, para que pueda usar la fuerza que ahora la aterroriza. Sólo empujándola podrá meterse bajo su piel y desatar el poder que Emma sostiene.

Pero wilson, las necesidades lo inundan. Él es el alfa, destinado a ser fuerte. Ninguna mujer ha podido jamás con él. ¿Ha encontrado a esa mujer en Emma ? ¿Podrá ella manejar su tipo de control? ¿Su necesidad de proteger?

"Cautivo en una Noche de Nieve: Hasta que ella aparece y su alma se siente cautivada"

Oh, noche nevada, las estrellas brillan intensamente. Es la noche de la gran caída del leñador. Su corazón había permanecido durante mucho tiempo en un sueño eterno. Hasta que ella apareció y su alma quedó cautivada.

Un estremecimiento de esperanza, el mundo del romance se regocija. Porque una nueva y gloriosa historia está a punto de comenzar. Abre tus lectores y lee esta historia.

"Esaurimento: Sienna potrebbe essere giovane, ma il suo corpo sa di cosa ha bisogno"

Quando la madre di Sienna si risposò e se ne andò a Parigi con fretta, si rassegnò a essere allevata dalla sua governante.

Sienna non si sarebbe mai aspettata che il suo nuovo fratellastro, Grant Foster, il freddo signore di Wall Street, le assegnasse una squadra di guardie del corpo, la trasferisse nel suo attico multimilionario e iniziasse a chiamarla principessa. Sfortunatamente, mentre Grant la vizia tantissimo, continua a tenerla a debita distanza.

Sienna potrebbe essere giovane, ma il suo corpo sa di cosa ha bisogno. E anche se al suo fratellastro potrebbe essere proibito, lei non può fare a meno di chiedersi cosa servirebbe per logorare...

"Él va a tenerla: William quiere a Jesse más que a nada en el mundo".

William escapó de prisión para demostrar su inocencia, pero antes de poder hacerlo, necesita un lugar seguro donde esconderse. Cuando una mujer con curvas se dirige hacia su auto en una sección apartada de un estacionamiento, él ve la oportunidad perfecta. Apuntándole con una pistola, obliga a esta mujer a llevarla a su casa.

Esta no es la primera vez que a Jesse lo apuntan con una pistola y, en realidad, no le tiene miedo a William. Hay algo en sus ojos que le hace darse cuenta de que no va a hacerle daño, lo cual es una locura... y eso es lo que la asusta.

Él es el primer hombre que ella ha deseado, pero tiene que resistirse a él. No hay lugar para el amor en la vida de Jesse.

William quiere a Jesse más que a cualquier otra cosa en el mundo y la tendrá. Conocer el abuso que sufrió en el pasado no hace que él la vea de manera diferente. Él simplemente sabe que ella merece un hombre sin una nube negra sobre su cabeza.

Va a limpiar su nombre, pero ¿qué pasará después? ¿Volverá y reclamará a Jesse como suyo o la dejará ir?

Estoy segura de que encontrarás lo que buscas en estas historias de sexo súper excitantes y tórridas. Por favor, dame tu opinión, me encantaría saber de ti.

Gracias de nuevo por tu lealtad y apoyo, ¡y hasta pronto para más aventuras eróticas!

Ashley Colem

Don't miss out!

Visit the website below and you can sign up to receive emails whenever Ashley Colem publishes a new book. There's no charge and no obligation.

https://books2read.com/r/B-A-TMQAB-JYMTC

BOOKS 2 READ

Connecting independent readers to independent writers.

Did you love *Obsesionado con ella: Finalmente tengo la oportunidad de hacerla mía*? Then you should read *Atrapado por ella: La persona a la que quería hacer daño resultó ser la única que le había llegado al corazón* by Ashley Colem!

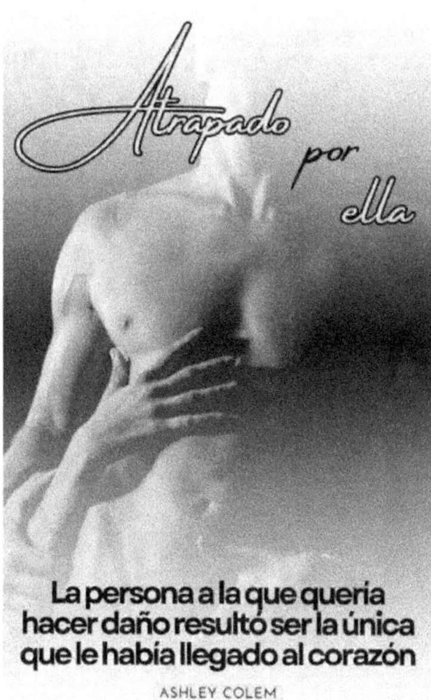

Esperaba usarla y rebotar. Después de todo, no se trataba de amor, sino de venganza. Pero el que se propuso lastimar resultó ser el único que alguna vez tocó su corazón. Ahora se encuentra en un dilema, atrapado entre la espada y la pared.

O traiciona la memoria de su padre muerto al no llevar a cabo la venganza que haría descansar al otro hombre. O traiciona a la mujer que había llegado a considerar suya.

keith No tiene idea de que el apuesto extraño que la había cautivado tenía un motivo oculto. Para ella fue amor a primera vista.

Ella echó un vistazo a sus ojos sonrientes y esos hoyuelos en sus mejillas y su corazón se aceleró.

Pero está dispuesta a apostar que su mañana siguiente superaría cualquier cosa registrada. Bueno, mañanas después, muchas, muchas mañanas.

Eso es lo que tomódouglas para decirle la verdad. Después de su primera noche juntos, no se atrevía a atenuar la luz de sus ojos, pero el tiempo se acababa y no tenía otra opción.

¿Lo perdonará por lo que ha hecho, o están destinados a vivir la vida sabiendo que la persona que realmente aman se escapó?

Also by Ashley Colem

Bien Trop Brutal

Obsede Par Elle

Limite dépassée

Amour Improbable

Kataliya, la Parfaite Élue

Le Choix Ultime d'un Seul Amour

Réveille-toi, Barbara

Sexe à Répétition

Taïna est en feu

Captive d'une Nuit Enneigée: Jusqu'à ce qu'elle apparaisse et que son âme se sente captivée

Ces Attouchements Tabous: Cette nuit-là, il a changé ma vie pour toujours

Épuisement: Sienna est peut-être jeune, mais son corps sait ce dont il a besoin

Il va l'avoir: William veut Jesse plus que tout au monde

La Femme de ses Rêves: Il est obsédé par la jeune beauté qui lui a volé son cœur

Le No 1 des Connards: Il ne cherche pas d'excuses pour ce qu'il est ou ce qu'il fait

L'étrange Mariage du Milliardaire

Maintenant... Elle est à moi pour Toujours: Je mets un bébé dans son ventre et une bague en diamant à son doigt

Piégé par elle

Tenir si Fort: Il ne savait pas qu'une obsession pouvait s'emparer de lui aussi fort

Un Alpha de Mauvais Caractère: Aucune femme n'a jamais été capable de le gérer

Un Échange Très Étrange: Le destin de Cian et de Serenity, croisés dans un lycée américain

Limite Superato

Amore Improbabile

Kataliya, la Perfetta

La Scelta Definitiva di un Singolo Amore

Sesso ripetuto

Taina è in Fiamme

Esaurimento

Intrappolato da lei

La Donna dei Suoi Sogni

Lo Stronzo #1

Ora è mia... per sempre

Prigioniero in una Notte di Neve

Sta per Averla

Stringere Così Forte

Obsession: Tout a changé la première fois que Jackson a vu Dina

Svegliati, Barbara: Stare con Clark diventa un grosso problema

Agarra tan Fuerte

Atrapado por ella: La persona a la que quería hacer daño resultó ser la única que le había llegado al corazón

El Éxtasis de lo Prohibido: Después de que Nadia descubre que Bady la engaña

El gilipollas n° 1: No pone excusas por lo que es o por lo que hace

L'estasi del Proibito: Dopo che Nadia scopre che Bady la tradisce

L'extase de l'interdit: Après que Nadia découvre que Bady la trompe

Obsesionado con ella: Finalmente tengo la oportunidad de hacerla mía